活水彙草

戊戌秋日徐沛之書

·容浩然先生書作者〈卜居〉詩

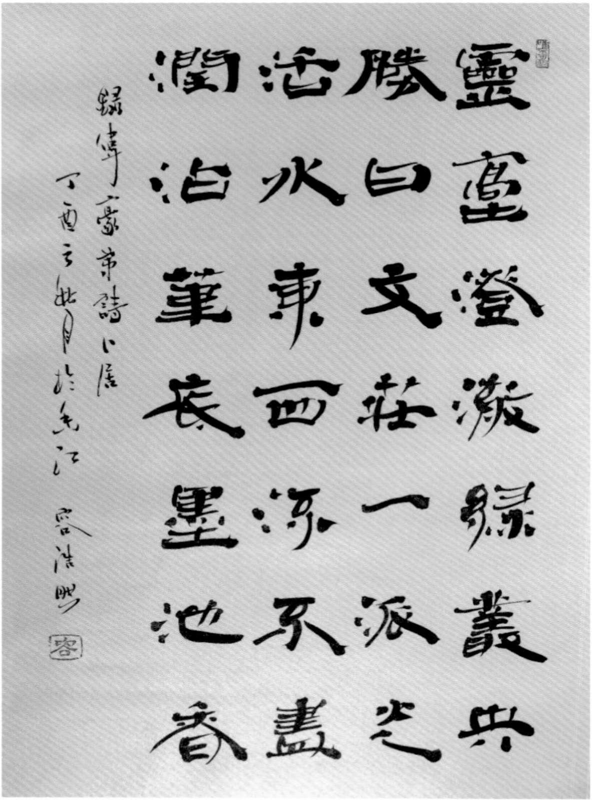

·禤紹燦先生為作者篆姓名及齋號

摘得天發神讖碑二十字賦絕一首 活水齋主人偉豪

丁酉歲書自牛津會議返航一詩 活水齋主人

目錄

序

律賦

七言律詩

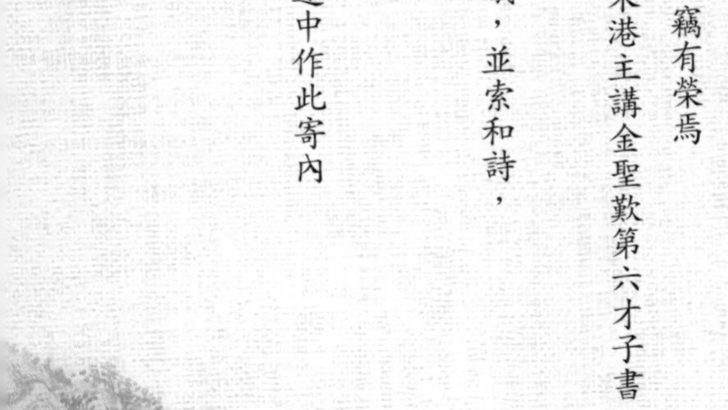

五言排律

五言律詩

七言絕句

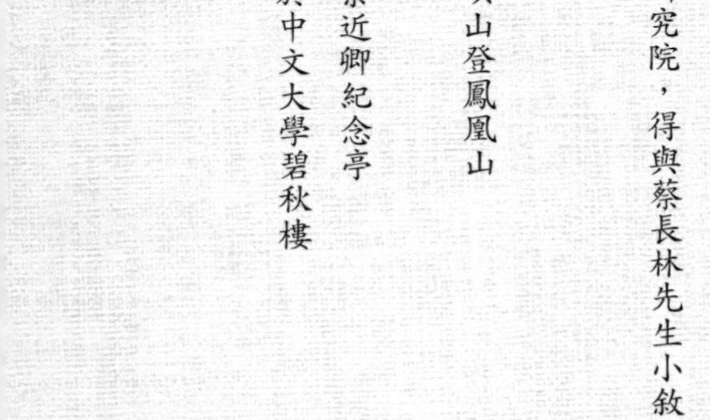

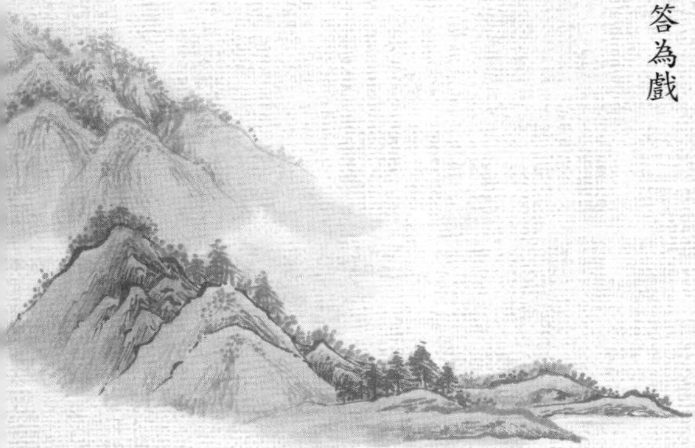

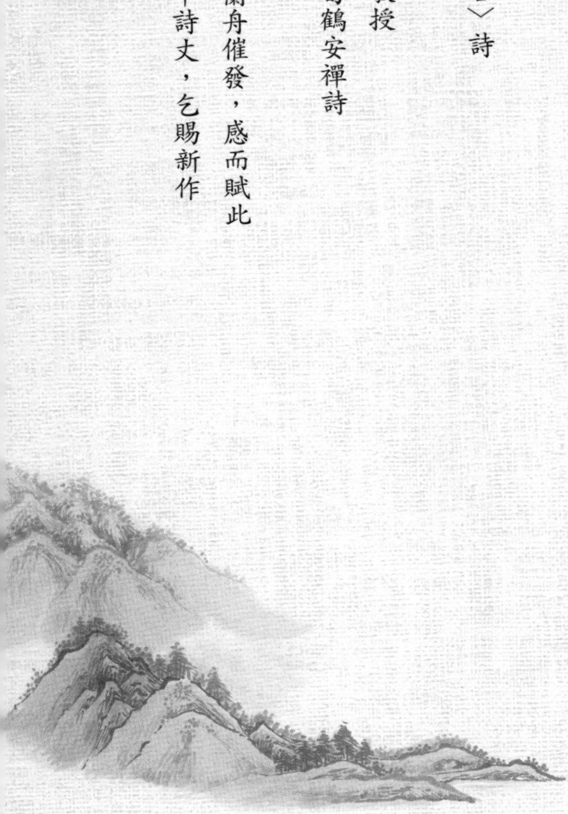

六言絕句

五言絕句

聯句

雜詩

詞

序

施議對先生序

黃君偉豪，融會中外，根基紮實，拜讀甚佩高明。二十世紀詞學傳人，劃歸五代，於詩亦然。五代傳人之於古典詩詞，其傳與未傳，傳之得當或不得當，各有承擔。進入二十一世紀，新一代、新二代傳人登場，其傳舊與創始，亦大顯神通。君為新世紀之第二代。既有專著問世，又有詩詞作品製作。研習及創造，得而兼之。所謂佼佼者也，於茲可見。至若古近體詩，式樣及作法，多般變化，得之於心，應之於手，可讀篇章，已甚不少。諸如七絕三首〈入秋聞內子哮喘甚急入院，病榻休養，予自澳火速返港，既，回澳賦此，詩用轆轤體〉云：「欲催黃帽急飛船，秋水關山望眼穿。身外諸般都拚卻，整衣端飲伺床邊」，「床邊執手敘離情，逐客白衣催予行。門罅但窺頻遠望，夜深路寂想柔聲」，「柔聲小女稚顏開，笑問阿孃何日回。只道歸期猶可待，無端語噎肺肝摧」。轆轤體，或作轆轤格，如連作律詩五首，以第一首起韻之第一句全句，分別置於其他四首押韻之四個位置者；但亦有其他變通辦法。此為三絕句。第一首伺床邊，說整衣端飲情景；第二首因床邊承接，敘離情並及門罅遠望情景；第三首自柔聲帶出小女，說歸期可待憂思。三首以床邊、柔聲互相連接，既在字面上取轆轤旋轉之意作轆轤體，又與當時欲催飛船之火速心情相應合。再如七律一首〈內子剖腹生小女蕊翹，多日扶傷，臥榻休養。予嘗手抱小女睡之，寒夜坐至朝暾。回首內子孕字至今，真如轉瞬。用偷春格賦詩記之〉云：「回首楚腰輕似羽，轉睛圓月大於城。天涯望斷知何日，振聵終傳落地聲。三沐三薰祈爾汝，無災無難渡平生。露窗但透微微白，懷裏酣眠已五更」。偷春格，指律詩對仗用法。謂原於第二聯對仗，改作第一聯對仗，第二聯不對仗。有如冬日梅花將春色提前開放。小女降生，詩以詠之。最難忘一幕，在寒夜手抱小女，至早晨太陽升起，回首、轉睛那一刻所見楚腰及圓月之情景。因以偷春一格，將此對句置之於篇首。以上二例，皆有關詩法之實證。然其所以可堪稱道者也，詩法而外，乃在於心中之真景物、真感情。若此之謂也，王國維曰有境界，朱熹曰源頭活水，而君則以之名集，稱《活水彙草》，皆甚得吾心，因略敘如上，以為之序，並與共勉。

丁酉立夏後三日濠上詞隱於濠上之赤豹書屋

黃坤堯先生序

千禧盛世，詩詞復熾，傳統吟詠與網絡新聲叶唱，才子佳人上熒屏電視爭輝。旗袍漢服，典麗優雅；樵歌漁唱，慷慨道情。琴笛笙簫，八音克奏；書畫揮毫，五采生輝。唐宋神魂，海陸絲路，風雲飛動，歌舞同場，屈宋方興，雅俗共賞，中華文化，藝苑雌黃，千姿萬態，相互配合，漪歟為美矣。

黃君偉豪博士遊學四方，見聞廣泛；上庠講授，作育英華。十年磨劍，發揚蹈厲；三生緣訂，瀟灑英姿。近日撰成《活水彙草》一卷，源頭正脈，情鍾朱子；詩教清流，競逐詞場。為盛世添光，鳶飛魚躍；為山河增豔，草長鶯飛。積學儲寶，根基穩健；富才酌理，雲錦新裁。其詩多寫生活實感，紀錄日常經驗，言之有物，寄託無端。歷浸禮婚禮，綱紀人倫；復生兒育女，履歷風霜。往返港澳，結緣詩友，詠史論學，諷世怡情。其詩云：「混跡江湖九死身，十年菡萏也沾塵」、「賒得金風消白鬢，江湖十稔老童生」、「人我棋盤相博弈，黑車斜出馬行田」、「累歲築巢堪四代，託身臥榻又多秋」，江湖凝恨，字句驚心，生涯多累，可勝言哉！惟塗轍已正，縱橫何礙。千帆競渡，捷足者登，脫穎而出，衝飛後勁，是必有待於君者。

丁酉端午，黃坤堯序

詹杭倫先生序

此集命名，顯然有取於朱熹〈觀書有感〉一詩：「半畝方塘一鑒開，天光雲影共徘徊。問渠那得清如許？為有源頭活水來。」該詩體現中華文化所倡導之一種民族精神，那就是日新又新、生生不息之人生修養境界。朱熹此詩大旨盡人皆知，無庸贅述，但還有一個問題：這首詩之題目「觀書有感」怎麼講？換句話說，朱熹在寫這首詩時，正在看的是一本甚麼書呢？提出這個問題好像是有點兒從無疑處生疑，通常讀者把這個問題輕輕放了過去，簡單地以為「書」是泛指觀書，或者籠統地說是觀覽閱讀儒家著作。但從個人寫詩的經驗來看，詩人寫詩往往有感而發，感物而動，也就是說，「觀書有感」更有可能是朱熹正在閱讀某部書時突然觸發靈感。然而，朱熹到底讀的是哪一部書呢？最近我有個發現，朱熹很有可能讀的是《孔子家語》，特別是其中這一段：「孔子謂伯魚曰：『鯉乎，吾聞可以與人終日不倦者，其唯學焉。其容體不足觀也，其勇力不足憚也，其先祖不足稱也，其族姓不足道也。終而有大名，以顯聞四方，流聲後裔者，豈非學之效也。故君子不可以不學。其容不可以不飭，不飭無類，無類失親，失親不忠，不忠失禮，失禮不立。夫遠而有光者，飭也；近而愈明者，學也。譬之汙池，水潦注焉，雚葦生焉，雖或以觀之，孰知其源乎？』」（《孔子家語》卷二〈致思〉）這是孔子教兒子伯魚的一段話，他勉勵伯魚為人一生需要不斷學習、不斷修養，就像一方池塘不斷地有活水灌溉，水草滋生，久而久之，就成了一方清澈無比的池塘，有天光雲影共相徘徊，成為一道亮麗的風景。

金末元初大詩人元好問有一段名言：「文章雖出於真積之力，然非父兄淵源，師友講習，國家教養，能卓然自立者鮮矣。」（《遺山集》卷三十六〈鳩水集引〉）元好問所說的三條活水，偉豪皆飽經灌溉，自不待言。閱讀此集，從〈婚禮贈內〉到〈內子剖腹生小女〉，從〈入秋聞內子哮喘〉到〈內子懼鼠〉、〈內子生日〉……天倫親情系列詩作，成就了此集最具真情實感的底蘊。

二〇一七年五月十九日於馬來西亞柔佛新山南方大學中文系

自序

余性不苟為，為之則隨意而發，是以年近四十，舊體之作，僅此而已矣。是編略經裁汰，凡賦一篇，詩二百餘首，詞十餘闋。予少日稍學格律於香江鄺龔子先生，復因任臺灣吳宏一先生研究助理，隨其左右有年，偶承點撥，得知文章造語之道。又嘗研治霸儒陳湛銓修竹園詩，其間磊落任氣，至為服膺。復因叩學南大，隨寧鈍齋莫礪鋒先生治先唐、唐宋文學。先生勉我涵詠作品，故詩騷、李杜、蘇黃、江西詩人、中興五大家諸詩集，仔細遍讀，並背誦前人佳構，下及諸詩詞選本。又先生為詩，皆抒寫真性情，用事融句，則如水中着鹽。先生雖未以此教我，予亦不無先生之薰陶。又以在學金陵之便，嘗請益於鍾振振、程章燦諸先生，下筆不覺順手拈來，勢同活水。如此，作詩而無師承，可乎？雖然，野人獻曝，不無赧顏，庶幾誌之以雪泥鴻爪之跡，供之以笑噱覆瓿之用也。

活水齋主人黃偉豪序於己亥歲杪

律賦

國運興賦

仿八股賦，以「扶輪國故，不墜宗風」為韻，並以《禮部韻略》為限。

三皇平亂，百代務農。千里不毛，黌宮咸承孔訓。四民同樂，術業各有專攻。叟童歌而秉禮，夷狄服而朝宗。然則暴在朋奸，昏於治國。率漢家之梟雄，投清室之蟊賊。鴉煙販與走卒，肯事長征？絡髮加於操觚，何來厚德？已矣哉！炮艦洋槍，顛覆乾坤裏外；山川土宇，掰分六合西中。操干戚之刑天，還須求己；飲涸泉之偃鼠，豈敢代雄？恆咨嗟以身矮，竟躑躅而路窮。墨客儒生，笑三墳者糞溺；黃泉烈士，悲百載之終風。觀乎悠悠道統，可以他求？赫赫彝倫，毋庸自屈。故「舊學派」獨舉文言，龍蟠淮水，諸君執筆管且費脣激辯無偏；惟《新青年》虛張白話，蟻聚滬京，二子搖旌旗而揚臂高呼八不。逞論誇西文如鬼工，奉碧眼為神物？逮至近世，紫氣東來，黎庶重修周鼎；紅羊一發，素王不及犬儒。瞢瞢也聖賢俱遭指劃，纍纍乎危卵亟待匡扶。存留宗緒之端，厥祥是復；把玩武功之器，其運斯須。且夫今日鷙禽之淫欲橫流，科技之要津兢渡。雲屏疊開，網絡羅布。莫不逐狂潮，耽遊戲，倏爾貪新；消夙志，厭賭書，遽然棄故。料知忘宗學步混江，終非晳面；返本鋤泥耘耔，便是陽春。工於騄駬掣，察以雲雷屯。世事如同博弈，天車亦可回輪。安有棲上國以詎嘲，笑長城於隳墜？向使斯文賡續，燕雀吞聲；彼岸降沉，狻猊領帥。寧全身於此居，倘捨我又誰次？

七言律詩

秋日遊綠田園（二〇〇二年）

草紅花綠披香徑，狗吠鶯啼夾道迎。
童稚拈芻穿阡陌，犁牛擺尾嚼芳莖。
坐觀孃孃農家女，暗惹依依戀意情。
复踏殘陽幽巷曲，且停回望卻愁縈。

註：綠田園位於香港粉嶺鶴藪村。

浸禮（二〇〇二年）

夕照鱗雲入帝宮，瑤池瀲灩映蒼穹。
槖駝自在針關渡，心鏡冰清大道通。
一任緇塵沉水底，細聽酸酒漉腸中。
悵然唯恐明朝至，空使羶腥染聖風。

聞鄺師龔子先生自況，作此奉贈（二〇〇三年）

蟹橫蟻直兩精通，急就瓊章竹在胸。
豈獨清才驕七步？猶存傲骨唾千鍾。
浮生聊寄隆中意，寒牖閑看雪裏松。
浩氣凌雲追靖節，高天縱目一蛟龍。

註：「蟹橫」指蟹橫行，以比洋文。黃遵憲「文章巨蟹橫行日」亦用此喻；「蟻直」指蟻直行，以喻中文。鄺師通雙語也。言靖節者，蓋鄺師有意於陶潛。

遊鏡蓉書屋清秀才故蹟（二〇〇三年）

秀才受拜庶迎嗤，此際途窮始悟之。
每效老泉翻典籍，卻教同學授嘲辭。
重操翰墨應非晚，一取鯨鰲固亦宜。
今日橫馳科場上，燕雀青睞舉城知。

註：鏡蓉書屋位於沙頭角，李氏族人建於乾隆年間。

敬和黃坤堯教授香港舊體文學研討會賦詠（二〇〇七年）

百年國故飽煎熬，更見群儒俠氣豪。
誅伐妄言滄海淨，振揚舊學楚天高。
相逢此際酬佳句，倍覺時文勝屈騷。
敢請前修瞠目看，香江後浪捲驚濤。

附：

黃坤堯〈香港舊體文學研討會賦詠〉

八月香城熱浪熬。喜憑舊體會賢豪。
江山有待花光豔，主客相逢雅興高。
濟濟一堂弘學術，悠悠千葉振風騷。
華洋今古神魂蕩，吐露仙鞍迸彩濤。

泛舟西貢雷雨驟至（二〇〇七年）

肄業謀事，適泛舟西貢，即景遣懷。

放任輕舟到極天，遠山飄渺海生煙。
雨針橫刺滄波亂，雛雁驚飛紫電癲。

春夢早消寰宇內，金輝忽鍍白雲邊。
直須留得童心在，不使江風動思弦。
註：「思」作去聲。

婚禮贈內（二〇〇九年）

清秋曉漏雨初勻，千里江南一望新。
香閣薰風生暖意，朝花沁露點紅脣。
仙歌醉繞人間殿，笑眼凝看指上珍。
共沐春波恩主內，深情長許百年身。

訪學韓國，初識臺灣潘麗珠教授，贈我以詩，步韻敬奉（二〇一〇年）

麗曲清辭入耳明，玉珠盤內響琮琤。
才跨虬島兼跨海，心醉聲詩不醉名。
黌宇白眸仇饕餮，江間碧浪掣鰲鯨。
高情肯與吾同調，永日難忘此遠行。

寄李鍾漢教授（二〇一一年）

赫悉韓國李鍾漢教授來郵，訃告幼子安息主懷，年僅十六，即事哀之。

伯魚不復過庭趨，獨蛻形骸臥素車。
默禱帝閽於彼僻，長流奶蜜把塵祛。
離情但苦催人老，淚枕猶溫濕夢餘。
運命從來天有意，願君強健惜居諸。

註：首句鄰韻。奶蜜，用《聖經》「流奶與蜜」語，見《利未記》二十章二十四節。

內子剖腹生小女蕊翹，多日扶傷，臥榻休養。予嘗手抱小女睡之，寒夜坐至朝暾。回首內子孕字至今，真如轉瞬。用倫春格賦詩記之（二〇一一年）

回首楚腰輕似羽，轉睛圓月大於城。
天涯望斷知何日，振聵終傳落地聲！
三沐三薰祈爾汝，無災無難渡平生。
露窗但透微微白，懷裏酣眠已五更！

註：清人張潮《幽夢影》有「圓月大於城」句，以無人對句為憾。希臘奧維德亦以圓月喻孕腹。

題南宋中興群公（二〇一三年）

老杜謂「未及前賢更勿疑」，其然？豈其然哉？曩者東坡教人作詩文，云「譬是市上店肆，諸物無種不有，卻有一物可以攝得，錢而已。莫易得者，是物；莫難得者，是錢。今文章詞藻事，實乃市肆諸物也。意者，錢也，為文若能立意，則古今並有，翕然起為吾用。若曉得此，便會做文字也」，今中興群公以錢得物，出入自如，遂足刷詩史以一新。予戲用江西宗派體表彰焉。

衮衮諸公走馬先，競相望路過前賢。
重征天水新詩域，況汲江西古井泉！
唾手挐來墟市物，蟠胸積蓄鄧通錢。
師門出入皆無礙，信有才名世世傳。

臨唐人柳公權書《玄秘塔碑》（二〇一四年）

翰林學士柳河東，大矣如參造化功。
結體直追多寶塔，聲名可匹九成宮。
依碑比畫於心上，蘸墨臨摹到卷終。

縱有紫毫諸葛筆，書生也歎技猶窮。

臨王右軍《蘭亭序》帖、懷仁《集王羲之聖教序》碑（二〇一四年）

蘭亭聖教遍臨過，妄欲重回晉永和。
令汝復生知已叵，與誰商榷覺無那！
牽絲有意如爬蚓，疾澀隨心強換鵝？
墨紙千堆都不似，塾師同學友朋訶。

註：時予業餘修讀書法高等文憑課於香港中文大學。

詠史（二〇一四年）

清虜自招洋炮艦，華夷運數轉盈虧。
游龍氣短輸行蟹，土鼈頭低拜海龜。
擬礪關刀兼禹劍，能降木魅與金螭。
再教割讓茲方寸，無地容錐欲問誰？

偶題（二〇一五年）

乾鵲徐聞吃語驚，腦中錦囊竟同庚。
魂銷避聽開顱術，夢醉謊稱指雁羹。
窅窅孤身穿陌隧，紛紛暗謗付仙瀛。
且窮鐵骨撐天力，為有孩提未識丁。

敬悼鄭滋斌教授（二〇一五年）

香港中國語文學會並陳兄學然函告，滋斌先生遽矣安息主懷。噫！初，未敢之信，而已始信之而長太息。予少時就學嶺大，聞其學養於同儕。予復隨吳宏一教授於左右，一日，辦公室始見之，其貌其談吐之清雅，真儒士也。滋斌先生向日親炙修竹園主人陳湛銓先生，予因踅摩《修竹詩》，遂蒙席間啓談湛公。又一日，予因《文學論衡》編務，薦以業師胡諱泳超先生遺稿，竟爽然允用，且親力校讎，目能毫釐。余固知非師出其門，然私意敬重之。請敘其事如上，庶幾可見其嘉言懿行。今以詩悼之云。

流傳俊逸有高情，少日聞名早瓣香。
修竹乘暇曾品鑒，茶餘得便共商量。
遽來訃告回頭讀，已託浮槎撒手航。
解道平生師友念，相期再會白雲鄉。

香江、濠江二城並詠（二〇一五年）

城下洪波勢不回，前驅奮把逆濤摧。
漁帆早併荒村事，黔首酣歌七寶臺。
天降歐風兼瘴癘，海涵紅日間春雷。
行舟步履如平地，賴有船人為作媒。

以金聖歎及其形式批評群體與西方對話為題，講學於香港大學中文學院，檃括賦此（二〇一五年）

夢想彼邦長共話，良圖差可自身求。
金針暗度能描鳳，白刃神游已解牛。
六部奇書無浪語，三吳雅苑有佳儔。
坐邀月下西都客，秋色平分肯與不？

先祖以九十四高壽仙逝，賦詩悼之（二〇一七年）

先祖黃公諱春桂，幼時賣豬至南洋，後謀生於爪哇，刻苦剛毅。一日，受僱駁自行車運貨，暴雨，橋塌，車幾至翻傾，懼車上貨悉付洪水，用力扶抗至翌晨，逢一老婦，助之，見其勤奮，以女妻之，女，祖妣也。居爪哇凡若干年，適排華潮惡甚，攜妻挈幼回大陸，勞動於福建常山華僑農場，年後居故鄉惠來，復二年，舉家赴港築室，豈料四代同堂，忽又癱瘓凡廿卌年，良可哀也。吾聞於家嚴，予與孿生胞弟偉傑，本名天穩、天定，今名皆先祖改也，是以作詩傷悼，且聊報厚德云。

已共天仙作侶儔，浮生映畫入凝眸。
子遺枯肆求泉鮒，疾拓荒田貫鼻牛。
累歲築巢堪四代，託身臥榻又多秋。
爐中棺槨灰飛燼，畢剝難尋玉骨抔。

戊戌開歲，得以自澳返港，少留數週，忽接坤堯前輩惠賜好詩，甚覺快意，乃就返家所經所見，賦得拙詩冒昧奉和，聊供一哂（二〇一八年）

易歲還家路更輕，煙花忽放晚雲明。
喜來祥犬狺聲鬧，俊得春風悅耳清。
勝境無心分吉戊，神靈有自祐鄉城。
遙看戊削歸人住，手抱孩童指玉衡。

註：丁酉晚歲九巴車禍，死傷者凡六七十，政府取消初二煙花匯演，民間則間亦私放煙花。

附：

黃坤堯〈戊戌賀年〉

春來濠岸曉雲輕。靈犬迎祥歲旦明。
戊守中宮花木壯，戌參陽氣海山清。
絳桃彩蝶翻新境，琵鷺幽林映故城。
大地風和時雨順，資源生態保平衡。

為明人時風，戲作澀體（二〇一八年）

蜚蠊蝜蝂與螟蛉，不避其葷腐氣腥。
假大空為真善美，貪嗔癡遍老中青。
謂人都濁人皆醉，誇我纔清我獨醒？
解道會當凌絕頂，待之以礪刃於硎。

促諸生每週課詩，以山竹風後獨步荒徑，聊作雙關體示之（二〇一八年）

荒徑行遲去復臨，物華無奈晚風侵。
勁松修竹雖如昨，曲節淤根已到今。

日碎殘雲籬菊亂，人扶虛檻石苔深。
明年待得花光發，再撒秋園一片金。

予少時讀《射雕英雄傳》，以履職樹仁大學，方悉金庸昔日膺榮譽博士銜，竊有榮焉（二〇一九年）

華山任俠意縱橫，氣壓鴻儒與白丁。
舞劍飛穿爭鬥激，翻空閃轉去來輕。
千秋大漢英雄傳，再世平江不肖生。
得入黌宮隨驥尾，望中馳策道中行。

奚如谷（Stephen West）教授來港主講金聖歎第六才子書，以雙關體寄呈（二〇一九年）

一響清聲自絕倫，西廂三昧已俱陳。
胸中未得虛如谷，眼底奚由洞若神？
天地妙文鋪錦繡，古今才子策高論。

料知咫尺名山近，無有為槎悟作津。

就雄兄數度邀約珠海學院會議，並索和詩，謹遵囑賡和、酬謝厚意云（二〇一九年）

青峰一矗白雲扶，舍內高梯道不孤。
偏愛屯門杯渡寺，再搜金岸蚌胎珠。
主人嘉客詩情好，吟曲閑評興味殊。
眼底清景天送與，琉璃海日共分乎？

註：昔隨業師也斯（梁秉鈞）訪屯門杯渡寺、五柳村諸名勝。又，珠海學院會議，施議對、錢志熙、何文匯、鄺健行、黃坤堯、張海鷗、詹杭倫、長谷部剛諸先生等凡三四十人皆與焉，會後就雄兄、徐晉如先生亦當筵吟誦。

附：

雍平〈於香港珠海學院出席古典體詩教學創作與研究國際學術研討會晚宴即賦七律一章〉

謾嗟元氣倩誰扶，未敢忘憂道已孤。
稽象藏山歸抱玉，燃犀照海起沉珠。
群趨俯仰諸天近，一覽嶙峋眾壑殊。
別有詩心無漏慧，磋磨絕學在斯乎。

董就雄〈感激諸前輩君子與會並敬和雍平教授研討會晚宴即賦韻〉
峰危尚得白雲扶，古道由來不憚孤。
今日文章共論雅，諸賢咳唾即成珠。
灣連青嶺迷人醉，岸映黃金別樣殊。
況有歌吟洗心耳，一時四美盡兼乎！

決然解職（二〇一九年）

浮生本擬寄青坡，寒暑春秋此度過。
叵奈經年長逼迫，爾來百事半蹉跎。
再添雞肋都無味，稍近符頭也着魔。
為遂初心今解職，萍蓬飄轉又如何？

婚盟十載，離港赴滬履職，途中作此寄內（二〇二〇年）

十年聖殿海山盟，與子囊空共菜羹。
蘇妹淡妝多酒靨，黃郎白面一書生。
齋中冷凳埋頭坐，砌下溫風執手行。

寄語歸來偕老輩，暫將小別換浮名。

客旅（二〇二〇年）

客旅異地多年，賦此述懷。

風衣瑟瑟雨漫漫，賺得還家一晌歡。
客旅異鄉悲下賤，雁迴絕壁怕高寒。
多情勞夢飛香海，無悔從儒摘桂冠。
我與征人同此夜，天涯望盡月團圞。

五言排律

豔城勸二十韻（二〇一八年）

璀璨濠江夜，連街是妖姬。
頻投迷蕩眼，偶弄可憐眉。
吻勝紅桃瓣，膚猶白雪脂。
通身彝麝粉，片袷凸腰肢。
曖曖盈嬌貌，飄飄沁醉脾。
心中唯鹿撞，柳下亦狐疑。
綑縛凡人腳，逃離酒肉池。
庶幾鬆馬轡，必也墮山陂。
情欲開頭縱，愁煩尾後隨。
異鄉宜慎獨，一炬則知危。

虛靜非他贈，清高在自持。
登時如稍履，造次豈能移？
向有纏綿意，終為褦襶兒。
莫矜筋骨健，須讓鬢毛衰。
美妓偏拋汝，韶華肯惜伊？
豪雄尊德性，俗物罄財貲。
何不思家室，相將共粥糜？
閨房空惦念，鴛枕竊娛嬉。
豔女周流此，賭城牽合之。
勸規渠太守，根絕勿耽遲。

五言律詩

慈父吟（二〇〇九年）

老臂擎天柱，經年忍淚吞。
韶華如脫兔，瞬隙不留痕。
強直鈎弓背，長埋雪鬢根。
捧來新碗碟，飯滿菜餚溫。

曲阜至聖林子貢奔喪（二〇〇九年）

塞外歸心切，驅車赴夕陽。
淒風吹夜月，化紙舞郊鄉。
五臟俱崩裂，孤身最怛傷。
墳前空悵望，揮淚奠清觴。

賀莫師礪鋒先生六秩大壽（二〇〇九年）

茗中恭讀礪鋒師論著，聊以拙詩獻呈，兼賀六秩大壽。

澄心煙浪遠，學海漫浮槎。
腹稿三千卷，江南第一家。
文思如湧醴，彩筆更生花。
坐久書香在，清芬入瀹茶。

新中國立國六十年，賦詩頌之（二〇〇九年）

晚來花甲夢，塊壘壓低眉。
血洗紅羊劫，鎗驚久睡獅。
破腔天地震，踢足日邊馳。
重上凌雲嶽，雄風撫四夷。

壽莫師礪鋒先生六秩晉五（二〇一四年）

礪鋒師近有「寧鈍翁」、「寧鈍齋」之號，於當今學界德高望重。去歲批改博士論文，拙文字若針芥，傷其眼目。同門人有意壽其六秩晉五，師概拒之，處世澹泊竟如此。賦此寄呈為賀。

江南寧鈍老，望重肅清高。
騷界執牛耳，學林垂鳳毛。
胸襟能廈屋，目力尚秋毫。
小子聊窮技，詩箋代壽桃。

註：頷聯拗救；廈屋對秋毫，假對。

奉和許結、詹杭倫二教授科舉與辭賦會後感賦（二〇一四年）

柳報賦家春，江風勢絕倫。
筆花爭冶豔，文味轉清新。
想象闈中士，傾翻席上珍。
鳳池賡和句，可誌道淳真。

附：

許結〈香港大學主辦「科舉與辭賦」國際研討會感賦五律一章〉

香江柳報春，學海一杭倫。
賦筆縱橫意，闈場律令新。
中朝呈妙曼，外域獻奇珍。
把酒蓮香會，長懷宿願真。

詹杭倫〈敬和許結教授感賦五律原韻〉

時逢甲午春，學府聚群倫。
科舉條陳舊，賦壇格律新。
一匡懷夙願，九合賴儒珍。
座上客常滿，和諧道義真。

讀黃霖師《金瓶梅演講錄》（二〇一四年）

我昔如傖父，盲從履後裾。
空媚流俗意，錯認誨淫書。
苟以青眸讀，須將色鏡除。
澄江閑縱棹，無閡泛清虛。

寄呈大木康教授（二〇一五年）

訪學於東京大學東洋文化研究所，復因復旦大學博士後考核，未一週即離日返港以赴滬，詩呈大木康教授。

自彼摩天塔，援梯不可通。
九荒音乃異，四海理攸同。
久仰東瀛士，精耕漢典叢。
飯間終識面，揖別太匆匆。

註：摩天塔，即西語Migdal Bavel，中譯巴別塔、巴貝爾塔、巴比倫塔或通天塔，見《聖經・創世記》。九荒句，九州之極皆音異，借用《呂氏春秋》：「東、夏之命，古今之法，言異而典殊，故古之命多不通乎今之言者」。四海句，錢默存《談藝錄・序》：「東海西海，心理攸同」。久仰四句，予讀鈴木虎雄《賦史大要》，又悉莫東寅《漢學發達史》多本日人考證所得，故於日人治學，至為服膺。大木先生精於明清文學，日本漢學執牛耳者也，飲譽海外漢學界，竊嘗慕之。予少時任吳宏一先生助理，藉聞大木先生大名，去歲在臺中央研究院訪學，與胡曉真、嚴志雄、陳國球諸先生飯後，巧遇先生，始睹其面，然未及面談。今歲經黃霖師引介，得赴東京大學蒐訪文獻。一日，登門於大木先生辦公室，所見唯書籍堆疊如堵牆者，不可勝數。大木先生惠然我顧，邀共午膳，戲言頃始相會，旋又作別。予赧然。故云。

壽黃霖師七秩晉三（二〇一五年）

健筆西江水，波瀾八九吞。
不因敷白面，肯與列黃門。
魚陣高堂壽，仙翁上滬藩。
今年乘際會，千里舉金尊。

註：西江水，見《莊子・外物》：「周曰：『諾。我且南遊吳越之王，激西江之水而迎子，可乎？』鮒魚忿然作色曰：『吾失我常與，我無所處。吾得斗升之水然活耳，君乃言此，曾不如早索我枯魚之肆。』」喻先生淩雲健筆於學界之及時也。敷白面，南京大學李開先生戲稱余為白面書生，然予年少學淺，今取此意自嘲焉。魚陣二句，門下碩博士弟子凡數十人，嘗謂宴席每年兩次，六月在滬弟子開宴賀壽，黃霖師亦賀弟子修業圓滿，如此相賀。黃霖師隨朱東潤先生後，坐鎮上海。今年二句，予六月離滬機票既購，適香港中文大學民初以來舊學研討會，遇學兄周興陸，方悉在滬同門擬六月二十日許宴壽。蓋黃霖師六月二十二日大壽。

奉呈倪豪士（William H. Nienhauser）教授（二〇一五年）

蒙倪豪士先生舉薦，乙未夏得以訪學於美國威斯康辛大學麥迪遜校區東亞系。適先生自南京大學古典文學論壇返國，邀約晤面，遂有幸初睹其人，予返港賦詩奉贈。詩用雙關。

探賾三山外，迢遙到泰西。
晴光涵淑氣，桃李落幽蹊。

沙畹終初見，奇峰可再躋。
扶搖羊角上，萬里望雲齊。

註：三山，古之三神山，約今山東海濱，予六月訪學於日本東京大學，八月復越洋赴美云。泰西，清人如方以智者，皆以喻西方。晴光句，麥迪遜市時氣候儼如春季。桃李句，予宿於校區旅舍，幽蹊毗鄰焉，亦喻先生「桃李不言，下自成蹊」，學者如陳致先生皆其門下。沙畹句，沙畹，法國漢學家，曾譯《史》《漢》，今西方漢學家譯漢籍最著者，唯康達維《文選》及先生《史記》，故以沙畹喻先生。況麥迪遜三面湖泊環之，予親見其地有沙岸，故云。奇峰句，麥迪遜有奇峰，亦喻先生之譯遷書必邁於昔賢。扶搖二句，用《莊》鯤鵬「摶扶搖羊角而上者九萬里」，喻乘飛機離美返港，半空所見之狀，亦喻先生名山事業之扶搖直上。

遇犬（二〇一七年）

在澳留校，晚歸客舍，走至隘巷，逢野犬三，擦身來襲，其貌甚惡。予吭聲吆喝，已而遂退，感其事而賦此。

窮巷青矜子，疲形叫化徒。
三英輪戰吠，無戟搶天呼。
似夢終非夢，唯隅強負隅。
平陽饑虎困，況我豈於菟？

詠米高積遜（二〇一七年）

悵恍翩姿在，回環想妙聲。
星河波底滑，月步掌中輕。
身壓斜層塔，歌翻美帝城。
云何膚白皙，傷謗卻難平。

聞大盜葉繼歡在港服刑猝逝（二〇一七年）

大盜葉繼歡固與季炳雄號為二惡，惡或過於盜跖、莊蹻，港人聞必色變，然其人嘗謂「雖嘗作惡，未嘗殺人；既在江湖，不由己身」，言及妻女，即惻慟於衷，且三讀《聖經》，一奉耶教，擬俟刑滿，傳道播教，始信大惡形之於此，亦有大善伏之於彼，遂記其事焉。

連天槍血巷，窮寇獨狺狺。
鐵屋三寒暑，青蚨一芥塵。
盜頑仍有道，人善得無仁？
順逆清江水，衝波入壑鄰。

離家返澳寄內（二〇一七年）

又向門前別，相趨卻未趨。
勸伊餐再飽，問我面何癯。
兒女勞溫枕，星宵起聽烏。
夢魂飛極浦，耳語勉孤途。

三十六歲生日，舟中作（二〇一七年）

相與登舟客，單程任簸航。
憂思來得得，壯日去堂堂。
昔笑蘭亭恨，今分粵犬狂。
雪花飄也倏，猶可折虹光。

註：王逸少〈蘭亭序〉有「後之視今，亦猶今之視昔」；柳子厚〈答韋中立論師道書〉：「前六七年，僕來南，二年冬，幸大雪逾嶺被南越中數州。數州之犬皆苑黃吠噬狂走者累日，至無雪乃已」，自嘲今味得蘭亭恨而少見多怪。

蟬（二〇一八年）

駱臨海、李義山以蟬自傷，予則以蟬蛻入藥而體健，焉能以其聲貌而睥睨之？作此詠歌焉。

徹響求佳偶，凡人厭噪聲。
投荒無宿恨，委化有高情。
炙地和泥葬，新雛共草生。
誰憐渠蛻殼，翻覆藥中烹？

歲晚述懷（二〇一九年）

已覺濠江遠，胡為入嶺南？
慣經真裏假，笑味苦餘甘。
立己行於一，求仁省以三。
困中能妙悟，絕勝菜根談。

擬赴加國阿爾伯塔大學（University of Alberta）寄權赫贊兄（二〇一九年）

珠江談藝會，書札結交情。
今夕知何夕，人行接雁行。
初逢楓葉國，昨仕紫荊城。
四海多兄弟，相將應鼓征。

註：去歲予就任中山大學珠海校區中文系特聘副研究員，義務自發籌辦明清文學與人文風尚國際研討會，得吾友余文章引介，邀赫贊兄赴會。赫贊兄，韓人也，與予俱治金聖歎，吾甚奇之。電郵凡數通，且惠然應允。自加國赴甬機票既定，苦於中山大學珠海校區取消辦會，故未得接面。今年初冬，蒙赫贊兄襄助，擬赴其所在阿爾伯塔大學訪學，且悉赫贊兄昔日亦執教於香港城市大學凡六年。

蒐訪文獻於臺灣中央研究院，蒙蔣公秋華先生匡助小敘，愬此酬謝（二〇二〇年）

四海多儒士，相將作近鄰。
德能矜閥閱，學可飽經綸。
蔣疊稱時議，林宗折角巾。

我行隨所慕，造訪往來頻。

赴臺灣中央研究院，得與蔡長林先生小敘，詩以偷春格奉呈（二〇二〇年）

題名登進士，致仕薦明經。
少已中天日，猶能照德星。
鋒刀今不老，古柏歲長青。
況有斯文在，吾須擱筆停。

七言絕句

中秋夜之大嶼山登鳳凰山（二〇〇二年）

攀巖越嶺追明月，明月乘風隱岵陰。
奄忽流光影前照，笑言不意竟登臨。

註：奄忽句拗救。

無題（二〇〇二年）

別後而今無好眠，翻思舊夢串殘篇。
惺忪倦看荒窗外，雲黑如愁泛壤天。

遊嶺南大學余近卿紀念亭（二〇〇二年）

沿階抱影踏塵香，慵望頑椏割夕陽。
水複山重無多路，亭丟人去葉黃涼。

夜觀流星雨於中文大學碧秋樓（二〇〇二年）

誰援弩箭引弦弓？火矢縱橫映晚紅。
仰臥暗驚天外客，烏飛不射射樓中。

王孫（二〇〇三年）

功名回視若輕塵，放浪酣歌未失真。
宣父窮追猶不及，世間疑是楚狂人。

學詠春拳（二〇〇四年）

晚習花拳事可休，寧馨童稚肘風遒。
雙雙掣撥擒拿手，我獨規模小念頭。

去年仲夏，客旅西歐，嘗噹土耳其包，名曰卡巴，其味甚佳，賦此記之（二〇〇五年）

輕舞嵍刀劃杵肪，脯隨芒刃落雲饟。

青蔬且和酸飴醬，撲鼻傳來炙肉香。

註：卡巴，kebab音譯，意謂烤肉，相傳源於波斯鄰國。「饢」即麵包，波斯語。

論學絕句（二〇〇七年）

其一

一曲關雎眾說紛，只緣不解箇中真。
若知事理非文理，未必各馳燕與秦。

註：首句叶鄰韻。

其二

南北東西楚漢分，競居中主恥稱臣。
往還新藝鏖兵弭，指日騷壇大地春。

註：南北各指海、京二派；東西各指東亞、西洋。

苦熱（二〇〇七年）

兩極流川毒日高，九州坐困熱穹廬。
遙看天體暝途近，留取仙壺入夢逃。

聽西方古典交響樂（二〇〇九年）

陽春不費數文錢，懶睡家中聽梵絃。
向使伶人今尚在，也嗟仙樂唱盤傳。

註：梵絃，予語譯自Violin，五四或音譯作「梵婀玲」，「梵」作去聲。

讀元蒙滅華史（二〇〇九年）

其一

疆西日落遍征鞍，朔北流氓舉國歡。
綠眼珥彤低首拜，沐猴賺得正衣冠。

其二

治非王術信難憑，車馬喝然有萬乘。
黃禍橫行無處避，人心乖貳國分崩。

遊北海道富良野富田賞薰衣草（二〇〇九年）

癡紅醉紫破堤圍，一片花江掩翠微。

始肯矜誇倭國裹，薰衣蛺蝶夏蜂肥。

卜居（二〇〇九年）

新居偏遠，然文思豁然，端賴園中東西活池兩方，乃信為文有江山之助。

靈臺澄澈綠叢央，勝日文莊一派光。
活水東西流不盡，潤沾筆底墨池香。

赴英訪學偶題（二〇〇九年）

予訪學於劍橋大學，有洋教授治漢學者，門貼繪圖，中有坎井與蛙各一，上書「井低蛙止步」五字，「底」誤作「低」，記其事焉。

紙上橫行蟹與蚯，白丁今始豁青眸。
井繩低處深無底，鼓腹鳴蛙大似牛。

註：首句用黃公度「文章巨蟹橫行日」及宋人筆記載宗子詩「蚓死紫之長」，末句用《伊索寓言》及錢默存〈讀伊索寓言〉事；白丁，自喻也，蓋英文遜於洋人。

世情（二〇〇九年）

其一

尋幽探賾在邊陲，總為花光嘖瑰奇。
引得賤身貪駐眼，千夫笑指予佯癡。

其二

參天樗木十餘圍，蠹盡盤根貌更畸。
匠者犎牛皆遠去，槍風劍雨苦塗遺。

其三

譊譊無補別狐疑，但感人情總費辭。
攲枕閉睛唯合十，聖風片語解愁頤。

腹劍（二〇〇九年）

腹劍橫陳似毒瘤，那堪笑面未含羞。
平生最恨吞人虎，速去毋稱主內儔。

論詩絕句（二〇一〇年）

南京大學遊社第三次雅集限用「遲日江山麗，春風花草香。泥融飛燕子，沙暖睡鴛鴦」韻，分得鴦字，為賦論學，兼駁元遺山「暈碧紅裁點綴勻」詩。

錦衾微暖展新床，彩線針間沁甲香。
月傍燈花聲細細，漫教媵婢繡鴛鴦。

內子赴臺北六龜山短宣前夕，觀猶太人短片，囑余代作寄教友（二〇一一年）

彼國烝民豈等閑？聖謨運丸掌心間。
流虬十月金風起，擬駕鯤鵬載月還。

即事（二〇一一年）

謠諑纏累，即事遣懷。

其一

讀罷雲屏尺素書，顰眉搖首復欷歔。

猬然世事千絲亂，縱有快刀難剪紓。

註：末句拗救。

其二

塊壘嗔濤尚幾希，塵寰萬事每相違。
瞬間此念如駒過，向日冥頑已覺非。

觀瀕死經驗紀錄片（二〇一一年）

天堦聖子御雲來，比翼紛紛奏凱回。
底事驀然眩兩目？白光炳煥洞扉開。

妻祖妣遽適樂土，輓詩哭之（二〇一二年）

底事天公惜寸陰？遺蹤已遠隔商參。
音容想像依稀在，躑躅空庭寂寞吟。

和陸放翁讀書詩（二〇一三年）

三日無書面可憎，秋霜馬齒亦徒生。
只緣延喘籠中鬥，壯志全消乏力行。

註：放翁詩謂「古人學問無遺力，少壯工夫老始成。紙上得來終覺淺，絕知上事要躬行」。或云山谷謂「三日不讀書，則面目可憎」。首句借韻。

《顏勤禮碑》、《麻姑仙壇記》書後（二〇一四年）

賞味魯公筋骨肉，通臨勤禮與麻姑。
初嫌怪拙終醇厚，渾似屠蘇入古壺。

率性（二〇一四年）

率性堪嗟遭眼白，諑謠未盡蹇途隨。
頓通天地玄玄理：貞吉從來在寡辭。

註：〈離騷〉有「謠諑謂余以善淫」，《易》謂「吉人之辭寡」，洵乎其言。

清人吳熙載《天發神讖碑》書後（二〇一四年）

常言篆隸馬牛風，試看吳碑豈盡同？
況有讓翁疏鑿手，古今正變一爐烘。

離任香江，初職鏡湖，賦絕兩首（二〇一四年）

其一

西都偶與返東城，故舊疏交遠避睛。
煩髮纏蓬斜枕凹，睡乾三誤作平明。

註：睡乾，自作語也。睡間夢盡，再睡而無夢可發，其思倦然。

其二

黑風捲雨送寒還，夢後湖天稍破慳。
萬丈虹霓安用買？衡門照取枕青山。

註：幼時在港初見虹霓，時隔卅年，在澳客舍復偶見於湖邊。

入秋聞內子哮喘甚急入院，病榻休養，予自澳火速返港，既，回澳賦此，詩用轆轤體（二〇一四年）

其一

欲催黃帽急飛船，秋水關山望眼穿。
身外諸般都拚卻，整衣端飲伺床邊。

註：轆轤體，倣〈贈白馬王彪〉。黃帽借指船夫，《史記·佞幸列傳》「以濯船為黃頭郎」，裴駰集解引晉徐廣「著黃帽也」。

其二

床邊執手敘離情，逐客白衣催予行。
門鎛但窺頻遠望，夜深路寂想柔聲。

註：白衣，護士別稱。

其三

柔聲小女稚顏開，笑問阿孃何日回。
只道歸期猶可待，無端語噎肺肝摧。

董兄就雄寄貺港大賦學研討會排律一首，予集句贈答為戲（二〇一四年）

敢將詩律鬥深嚴？東坡 氣壓鄴侯三萬籤。東坡
動念不如姑省事，放翁 戴盆難與望天兼。半山

董兄就雄寄來步韻雅音，和韻奉答（二〇一四年）

詩家舉步自威嚴，挽取胸中玉軸籤。
道統飄搖方滅裂，謀粱濟溺早難兼。

附：

董就雄原唱

知兄詩法解精嚴，筆遣風雷有令籤。
術業乾嘉思接武，雕龍論學妙雙兼。

讀書歎（二〇一四年）

字句隨聲腦後過，誦詩千首又如何？
著書盡與銀屏並，不付名山付夢婆。

註：銀屏，電腦屏幕，含水銀，故云；夢婆，春夢婆也，東坡貶昌化，遇一田婦，婦曰：「內翰昔日富貴，一

場春夢」。

讀黃霖師《金瓶梅》著作（二〇一四年）

重瞳隨箭細楊穿，勁筆如笞奮力鞭。
千里案頭遙抵掌，喧囂塵上一怦然。

註：黃師心細目精，故以重瞳為喻。

自勉（二〇一四年）

為乞區區斗米紓，暫賒日月鏡湖居。
蒼天豈是無情物？雀飽門庭稻粒餘。

註：雀飽句，反用雀可羅庭語，兼用《聖經．馬太福音》六章二十六節「你們看那天上的飛鳥，也不種，也不收，也不積蓄在倉裏，你們的天父尚且養活他。你們不比飛鳥貴重得多麼」、杜甫「香稻啄餘鸚鵡粒」。

敬悼曾敏之先生（二〇一四年）

頃接電郵，赫悉曾敏之先生駕鶴西去，年九十八。曾先生於抗日報捷、國共初商，赴渝親訪周恩來前總理，撰得〈談判生涯老了周恩來〉。後在港創立香港作家聯會，弘肆現代文學。猶記數年前香港作家聯會席間，曾先生主講，其時雖已年邁，然亦聲如洪鐘。不料高壽遽去，以詩哀之頌之云。

驪珠苦抉破重關，矗立文壇萬仞山。
聞道仙翁乘鶴去，餘芳細嚼飯茶間。

甲午紀事（二〇一四年）

其一

年荒待得園初熟，潤雨連天三百六。
一夜西風鼓氣吹，秋來兩月俱黃菊。

其二

並蒂黃花嫌濩落，艾蒿奪豔秋園惡。
舞斤老圃一刀除，籬細根苗扶斷萼。

寄余兄文章（二〇一五年）

港大文章兄敦厚大度，惠然我顧，助我者多。早前謂買田於臺灣，共約他日田舍樂，其得讀書人處世三昧竟如此。日昨彼攜長子，予挈長女，時值新春，飯聚於沙田，念其屢屢匡救我於困溺，玆賦詩聊誌多年交情。

其一

摒居絕壁似由巢，淡水高情肯與交。
感愧薄才無厚禮，漫同稚女享佳餚？

其二

管鮑相知向所欽，鄙夫也得沐甘霖。
買田共約高山國，老去清彈靖節琴。

稚女落地於今三秋矣，內子春分復剖腹誕幼子騰驤，未足三日，襁褓間僅三十分鐘，予即乘船回澳。內子手機寄來幼子照片，其貌極為馴良，惻然頃動於中，賦詩四首遣懷（二〇一五年）

其一

扶傷舊事三秋隔，命也時兮復見遭。
昔日楚腰今再割，那堪觳觫抵鋒刀。

其二

兒啼漸近笑相欣，乳味臊香未細聞。

三日懷中才兩刻，孤舟苦迫逐浮雲。

其三

求存謀食久淹留，愧疚自難休便休。
強避人前枯眼濕，伏几涕淚已難收。

其四

我願餘生任役勞，平安換取與兒曹。
賤身強健須如昨，新近風霜染二毛。

論書絕句（二〇一五年）

當今書壇頗有融書法於平面藝術者，予固服膺其勇，然近來汎濫，頗失常態。又書論家非專於書法者有之，且有挾西洋以自重之怪現狀。予惑然，為賦四絕。

其一

抗俗原應十倍加，紆尊附勢學塗鴉。
危牆潑墨徒爭寵，士庶紛紛事狹邪。

其二

學殖敧傾已要扶，時流尤貴識操觚。
縱如花棒車輪轉，絕技承傳總勝無。

其三

名家竟墮野狐禪，愛挾西洋氣燄然。
月旦書風經獺祭，箇中至理頓玄玄。

其四

墨寶疵瑕屢護迴，凡夫得席奉神臺。
藝壇上下交相利，強把前波後浪推。

臨米南宮《蜀素帖》、《多景樓冊》賦詩論其體勢（二〇一五年）

米蔡蘇黃宋四家，癲狂拜石足矜誇。
搦錐坼壁沙中刷，腰束身彎腳外斜。

臨帖偶題（二〇一五年）

余暇日進修書法，或以其得古人運筆法度，數責余當規矩之。自效其法，已而右手幾似廢絕，無從運筆，數月不能改。今以其法臨王鐸杜甫鳳林戈未息詩卷，通篇惡札，不堪入目，賦此自嘲云。

妄追神筆走龍蛇，失卻行蹤手八叉。
夫子冬烘欺我甚，着魔渾似扭麻花。

漫步鏡湖青洲路（二〇一五年）

與餘堤岸持竿叟，手把邸鈔閑笑歸。
湖上縠紋三兩點，東西魚戲躍空飛。

早歲在職就學南大，乘便在寧兩度拜謁鍾振振先生，請教作詩之道，先生設譬曉我，以詩檃括焉（二〇一五年）

其一

鉤鞭斧鉞劍刀槍，執銳精兵各勝場。
二十八人司所職，參軍布陣問行藏。

其二

能將蹴鞠入重闈，前後中鋒與守門。
連合兢施神腳技，每員休作等閑論。

其三

安康無病又何妨？平日仍須進補湯。
此藥尋常皆易得，閑來喫喝是良方。

示蕊翹、騰驤（二〇一五年）

其一

混跡江湖九死身，十年菡萏也沾塵。
恨能吸髓穿凡骨，寧做區區澹蕩人。

其二

勾欄戲子正還邪，世道羊腸醜怪些。
我得天公傳語錄，馴如白鴿巧如蛇。

其三

涸鮒生逢滴水恩，飛泉湧報到窮源。
爾曹可賴今憑託，為告雲仍與耳孫。

長衢（二〇一五年）

長衢過後路三叉，誤認梁園久戀家。
但願天公將下壽，卅年貂珥篋傾賒。

渡頭（二〇一七年）

孤鴻羽遏瓣雲低，指爪傷摧怕雪泥。
落木已無棲不定，山銜碎日渡頭西。

重遊嶺南大學余近卿紀念亭（二〇一七年）

漫瀛漾水綠苔平，病腳荒亭自在行。
賒得金風消白鬢，江湖十稔老童生。

內陸過路困於人車相爭戲作此詩（二〇一七年）

輿輪流水鏑鳴天，擊轂憑轅狹路馳。
人我棋盤相博弈，黑車斜出馬行田。

贈漢城藥坊老兄陳坤紅，謝其爽然心腹視予（二〇一七年）

始識疏錢俠藥郎，心交黃吻作同鄉。
傾翻鎮店琉璃篋，紫草紅花錦繡張。

註：陳兄與予皆祖籍潮州，彼普寧，予惠陽葵潭鎮。紫草茸賤者葉也，貴者莖也，坊間多售賤者，陳兄嚴選貴之最者。紅花乃藏紅花，亦分賤貴，陳兄示我乃貴者。

自穿梭港澳，濕滯尤重，遵鄺紹佳醫師所囑，服雲苓、白朮、扁豆衣，雜以黨參，俾扶正元氣，慵病遂緩，以此寄之（二〇一七年）

沉疴嗜睡似披枷，試取雲苓白朮茶。
幾片黨參熬慢火，燥蒸內濕逆寒邪。

對鏡（二〇一七年）

年光不耐曉風侵，磨洗欺寒傲雪心。
腰帶久寬無孔束，擠衣鼓腹力難任。

內子生日感賦（二〇一七年）

吾妻蘇姓，近復聞諸潮州葵潭同宗，據黃氏家譜，予之先祖上溯至趙宋，有洪母黃氏，山谷之妹也。昔黃山谷中舉落拓多年於宦場，蘇東坡嘗以尺牘一通嘉其人其學而青睞之，終得隨於左右。茲嵌二姓戲作云。

其一

落泊泥塗慣作奴，溫存寄語灌醍醐。
涪翁執手低頭拜，偏為君卿是大蘇。

其二

愛穿破履菜如常，抱兩孩提擷稻粱。
家有修容賢內助，何須豔女貼鵝黃。

讀邁克爾・桑德爾（Michael J. Sandel）論著，見書中多抨擊美國悖謬時風，甚為的當，為賦兩絕（二〇一七年）

其一

惑耳淫辭聒欲聾，人禽相及馬牛風。
凡今物種無倫次，渾欲師心界亂通。

其二

慣口高呼要自由，目無牝牡氣橫秋。
竿歪我輩須扶正，豈作書齋道學囚。

夤夜乘船歸家（二〇一七年）

不須暮鼓已知捣，霧海征人獨泛槎。
兩地居家都小住，有家偏又似無家。

破戒（二〇一七年）

困病南荒強自醫，焚香破戒卜著龜。

乞靈堊墁青梯搭，不比黔婁可路歧。

遇雨偶作（二〇一七年）

其一

嘶風白雨日徘徊，抗步頑將重首抬。
傘腹鼓翻筋骨折，無端勢逆與爭推。

其二

阿香駐蹕把車屯，饒使停聲百物馴。
促氣層雲來復去，青冥本自有紅輪。

祭念岳丈（二〇一七年）

岳丈蘇諱馬月，待我者厚，以肺炎倏爾去逝，今葬之於黃宜坳云。

骨粉飛歸冢土灰，墳前燭果酹清杯。
天邦共聚千般願，不墮回輪萬萬回。

演北島〈回答〉詩（二〇一七年）

少日在學嶺大，最賞此詩，詩首四句云「卑鄙是卑鄙者的通行證，高尚是高尚者的墓誌銘，看吧！在那鍍金的天空中，飄滿了死者彎曲的倒影」，至就學中大碩士課，洋教授杜博妮（Bonnie S. McDougall）以英語朗讀此四句，考班中同學為何人詩，予獨應聲而答，得賞以月曆一。自歐風美雨來襲，新詩者多，舊詩者寡，因想鄧師仕樑先生嘗以下之琳〈斷章〉入舊格律，予亦效顰焉。

坦途無賴任通行，亮節終須葬墓塋。
爛漫天邊金似鍍，曲彎屍影望中橫。

論詩兩首（二〇一七年）

俗多以能造四句八句即為近體詩，予惑然，作此自警焉。

其一

詩罷敲盆日自嗚，目無戒律太狂生。
若須細辨無黏對，玩味平平仄仄平。

其二

作詩便謂冠人倫，敝帚門關手撫珍。
未必牆垣攀便得，詩人只是作詩人。

敬呈張高評教授（二〇一七年）

其一

不是零珪非斷璧，三年碎瓦寄天涯。
春來驛馬遙通報，碾玉張公肯揣懷。

其二

頑石雖慚無五色，承恩冶煉仰同儕。
他朝補漏擎天柱，幸遇當年一女媧。

反王維、杜荀鶴安禪詩（二〇一七年）

妖氛夢後日相纏，苦墮蒼茫五里煙。
一念情親心自淨，掣龍不用坐安禪。

乘船返澳（二〇一七年）

渡津繫纜泊芳洲，簸盪船人不自由。
強擬浮生能適意，楚天空闊一扁舟。

喜允解職，蘭舟催發，感而賦此（二〇一八年）

載夢新程解纜舟，飛梭光景赴中流。
爾來百煉精鋼鐵，豈復區區繞指柔？

寄呈洪公肇平詩丈，乞賜新作（二〇一八年）

向日孯摩湛銓先生詩，藉悉洪公乃其門人，近日復因講課於樹仁大學，欣承謦欬，手機短訊寄此。

聞道詩中萬戶侯，雲根寄意碧山頭。
枯腸刮盡鬚拈斷，肯借新篇妙處偷？

憶香港回歸（二〇一八年）

四方宿雨入高臺，凱樂離歌永夜回。
戈艦依稀西海去，甲車次第北關來。

戲為集句（二〇一九年）

書癡終覺勝錢癡，放翁 身乃原作「是」前身念已非。王洋

豪傑不將成敗論，（錢岳）包羞忍恥是男兒。（樊川）

促諸生賦絕一首，改就其詩（二〇一九年）

迢遙聯袂北（原作「齊同摯友踏」）郊遊，滿路（原作「路滿」）紅霜半已（原作「忽現」）秋。
一笛涼風吹遠景（原作「寥」），斜陽寂寂（原作「映畫」）水悠悠。

雨霽（二〇一九年）

雨後晴光點畫屏，一山纔罷一山青。
西邊白月東邊日，已撥濃雲掛玉扃。

詩課改李晨曦同學絕句，使合格律（二〇一九年）

微風細雨曉（原作「搖」）山薇，鯉躍鶯啼擬北飛。
賒得香江春好處（原作「又是春光正好處」），留存好景待君歸。

詩課改陳科宇同學絕句，使意自然（二〇一九年）

春來（原作「紅塵」）一覺夢闌珊，送卻家書夜未寒。
解道（原首二字語意不暢，使其改之）相逢無可語，不聞問訊即平安。

詩課改張子賢同學絕句，使句相接（二〇一九年）

孤（原作「狼」）煙白骨眾星沉，夢後關山幾度臨（原作「月滿神州不復臨」）。
塞外征夫（原作「夫征」）今未返，託身北雁（原作「孤梅託雁」）覓歸音。

雲開（二〇一九年）

濃雲雨霽為誰開？鳥逐山光去復回。
向日清溪求不得，倏然卻見湧泉來。

論詞絕句四首（二〇一九年）

其一

雪腮雲鬢小山眉，妝點都成百態姿。

獨數晚唐溫助教，誰知淡抹浣花詞？

其二

一曲填平一曲歌，酒筵娛與女郎多。
自從詞樂分離後，可奈依然婉約何。

其三

代代斯文有降升，由來定讞信難憑。
耆卿雖擅新時體，無補其時最下乘。

其四

坡老倚聲疏鑿手，論功捨我又其誰？
但聞境界邊疆闢，早見敦煌曲子詞。

去向未明，中秋後漫步大埔海濱，兼敬和陳允鋒教授原唱（二〇一九年）

行看清暉漾碧江，秋蟲都已換新腔。
擬賒砥礪千斤斧，劈碎憂愁萬斛缸。

註：陳允鋒教授九月來港，登壇於樹仁大學中文系，得與共事。

附：

陳允鋒〈偶題〉

半輪秋月灑香江，唧唧階蟲百樣腔。
夜靜海風吹不斷，一窗疏影落銀缸。

香城（二〇一九年）

鼎食雕梁酒馬裘，風流無事不優悠。
香城目下知何有，拉雜摧燒毆謗偷。

歲晚紀事（二〇一九年）

狗盜雞鳴也逞雄，不分皂白與青紅。
紅輪直道西邊起，笑說從來豈自東。

口占酬謝神人（二〇二〇年）

道人教我上仙山，無畏巉巖不可攀。
煉到烘爐丹一粒，雲中舉袂望瀛寰。

以赴任上海交大，匆匆自澳返港，留別王兄思豪（二〇二〇年）

飛舟解纜倚江濱，客旅相知得具陳。
我自南荒君自北，北風吹送嶺南人。

城際火車自滬赴深，途中販鬻叫賣，戲以普通話平仄並中華通韻入詩（二〇二〇年）

轆轆聽得肚腸飢，遙傳斷續口中詞：
「暖啤飲料清泉水，瓜子花生辣小吃」。

註：火車販鬻皆手推餐車，高亢吟道：「啤……酒飲料礦泉水……，瓜……子花生麻辣小吃……」。又，普通話無入聲，陰平、陽平皆為平聲，上、去二聲為仄聲。

六言絕句

題贈馬來亞柔佛詩社，寄呈社長詹杭倫教授（二〇一九年）

禮佛雖非佛祖，敲詩自是詩家。
詩風並與柔佛，已霸南天一涯。

附：
詹杭倫原詩：
小鳥銜來樹種，陽臺縫隙安家。
生機無處不在，綠意充盈天涯。

五言絕句

晨曦車站與人逐隊候車戲作（二〇〇七年）

離魂縈未定，伊軋響輿輪。
鵝頸齊昂引，車飆望路塵。

日軍侵華偶題（二〇〇九年）

讀日人論著，至胡適獻「日本切腹，中國介錯」妙計於蔣介石，乃拍案叫絕，為賦一絕。

立定無攲側，巍峨八尺軀。
橫刀深腹切，介錯尚須吾。

山居（二〇一一年）

宅居馬窩，地處一隅，出入不便，遇雨尤甚。妻嘗勸購車代步，予以諸事推卻，作此記之。

旰昃常憂惕，缸無斗米儲。

山居偏愛靜，寶馬遜籃輿。

審稿自警（二〇一四年）

之乎者也哉，未謂富文才。
捨此皆今語，憑何自穀推？

論詩絕句（二〇一四年）

遇一先生，論詩悉繩人以四聲八病，縱有可取，然如執偏，非唯唐人無詩，宋人亦無詩也，故以為期期不可。復見率與其徒咧嘴竊喜，於內地作詩者多有攻伐，予惑然，賦此聊亦自警焉。

其一

臧否唯平仄，何須與論量？
勒詩繩八病，足信爾言狂。

註：狂通誑，《詩》云：「毋信人之言，人實誑汝」。大儒陳垣亦引此勉學者自警焉。

其二

苦摭書笥盡，量繩強具陳。
駢枝徒瓠落，肥葉要輪囷。

元旦雜憶（二〇一六年）

病藥鄉愁並，聊充益友三。
教人須苦盡，強啖味中甘。

自箴（二〇一七年）

混世加餐飯，娛人戲彩猴。
任真方逸品，無欲亦無求。

摘得《天發神讖》殘碑二十字，以此檃括，賦絕一首（二〇一七年）

天下多神讖，東吳有巧言。
治功文典載，遺令在元元。

蠅（二〇一七年）

榛蠅淫綠蔭，面笑豈輸心？
恍惚終難捕，飛黏腐肉林。

師叔蔣寅教授遙告第三屆清文學會議，口占邀就雄兄同赴（二〇一七年）

京鴻三降瑞，霰雪點花城。
青壁梅爭發，層樓共一程？

復用原韻效誠齋體奉答就雄兄（二〇一七年）

焉能負此程？清御列仙城。
奪彼成金術，焉能負此程！

附：
董就雄〈敬答偉豪兄口占詩〉
如雲君意厚，邀入五羊城。
況有瑤篇贈，焉能負此程？

次句用張潮《幽夢影》無人對句，再步就雄兄（二〇一七年）

焉能負此程？圓月大於城。
甜夢香如酒，焉能負此程！
附：

董就雄〈次偉豪兄原韻〉
焉能負此程？帶月出香城。
且照珠江上，焉能負此程！

就雄兄次韻清會議詩見寄，不辭譾陋，三賡原韻酬之（二〇一七年）

鳳影勻千夢，焉能負此程！
焉能負此程？潮號撼雙城。

附：
董就雄〈再步偉豪兄元玉〉
焉能負此程？燈影起宵城。
潮響迴幽夢，焉能負此程！

四和就雄兄二十字詩（二〇一七年）

焉能負此程？歸印絳雲城。
笑語青絲雪，焉能負此程！

附：
董就雄〈再疊原韻酬偉豪兄〉

焉能負此程？把臂入高城。
破舊陳新論，焉能負此程！

自和前韻（二〇一七年）

巒層飄雨雪，梅陣壓都城。
凍鼻餘芳竭，人生亦短程。
註：此詩既作，復數日，就雄兄就四和詩再寄和作，今不附於此。

松（二〇一七年）

香港中文大學篆刻展，篆得「直以不埜」，嵌而賦此。

直道孤松屹，而無曲勁枝。
不求庭鳥住，野外有相知。

殷雷稍緩，狂雨漸細，出門獨步口占（二〇一七年）

驚蟄無迴噪，清光可豁吟。
濕衣非我有，點滴洗煩心。

蒸點二詠（二〇一七年）

余嗜廣東點心，食必數籠，不能自己，親友輒引為談噱，戲題二絕。

燒賣

四皓相傾蓋，仙雰溢竹林。
束衣豐體貌，頳面夕陽金。

蝦餃

鉛華皆洗淨，出浴袂仙衫。
憐汝芳心外，冰清雪玉顏。

錯字論（二〇一七年）

逢蒙不姓逄，弓弩諒難扛。
下筆如飡粥，勺匙挑劣豇。

氣喻二首（二〇一七年）

氧氣

生即蒙呼吸，倏然不覺存。
斯須抽取了，逼仄把膺捫。

笑氣

去來何狡獪，惡紫奪純朱。
待到能分辨，昏昏已若愚。

內子來電忽告斗室有鼠迹，且知其懼鼠，予聞而自澳返港，戲賦三絕（二〇一七年）

其一

勞骸枯竭久，無力抵驚波。
神碎如齏粉，來回石杵磨。

其二

飽餐貽糞迹，氣煞也麼哥。

敕汝毋遺後，歡愉我樂窩。

其三

流傳奇俗曲，謂鼠愛秋禾。
擊節曾稱賞，從今厭再歌。

註：近俗曲奇辭謂「我愛你，愛著你，就像老鼠愛大米」，且凡有井水處，多能歌此詞。

駁神秀、慧能四句偈（二〇一七年）

無彼菩提樹，何來鏡與臺？
緣生緣遂滅，空夢一塵埃。

儉食（二〇一七年）

予餐頗儉，嘗念朱用純「一粥一飯，當思來之不易」，飯必碗無餘粒以自期。及與稚女共桌，即口誦李紳〈憫農〉詩，囑恆念物之維艱，當珍惜一粥一飯。當今科技昌盛，然多廚餘，飢乏者乞之則不得，感而賦此。

其一

家家年穀熟，賴有打禾機。

煖飯填溝巷，孵蟲饜鼠肥。

其二

秕糠如可拾，擠乳暫延飢。
嘶啞啼無力，懷中半死兒。

夜夢化療，已而驚醒，作此銷憂（二〇一七年）

聞道情天老，須憐鬢未華。
不消成夢讖，幼子昨牙牙。

替兒剪髮（二〇一七年）

其一

權作操刀手，妻兒訝未曾。
無心顱一薙，髮落半為僧。

其二

刀過黃毛落，兒朝地上眈。

憐渠終不語，碎髮觜中含。

外地上網不果偶題（二〇一七年）

盤點屏空白，難翻萬仞牆。
緣何多哂怪，久見便為常。

牛津會議既畢，自英返航，及見初曙，口占賦此（二〇一七年）

曉曙沿天隙，披紅鍍寂潮。
初心皆照見，容與九重霄。

際遇（二〇一七年）

皤若天邊雪，髒於腳下泥。
公輸操巧手，摶捻築雲梯。

吾友韋兄專研教學，與之談，視教學研究以外者為無物，輒詆國學，且譏諷風雨飄搖之際，文人僅作詩記事書憤，以為可笑之甚。戲作此貽之（二〇一八年）

坐井花和尚，矜誇摘桂冠。
斯人狂也且，誳可等閑看。

赴任中山大學，為賦絕句六首（二〇一八年）

自港赴珠海香洲區九洲港碼頭

處處鄉關是，遠游仍近游。
片帆依海曙，粼影渡香洲。

甫抵中山大學珠海新校舍

日午雲深處，層樓大道横。
芰荷知客至，一一倚風撐。

乘車自甬赴穗

輕雷何偪仄，來去順還艱。

雨後晴如許，憂思亦等閑。

甫入中山大學南校區校門

夾路唯榆柳，垂條綠夏園。
紅磚添古瓦，別樣一煙村。

南校區孫中山遺訓

羊城無散木，構廈在孫公。
庭圃餘遺訓，巋然百代雄。

返港歸家

舟中傳慢曲，歸雁有清聲。
行客紛留照，浮雲又已橙。

候車遇猴（二〇一九年）

其一

望中來底物，拔足破風奔。
似犬還非犬，無腮弼馬溫。

其二

高踞灰坑上，嚣然學坐禪。
腰間寬革帶，好便着先鞭。

自港赴中山大學南校區，於工商銀行初遇陳永正教授（二〇一九年）

灼灼金棉襖，飄飄白髮翁。
上前纔唱喏，遽爾各西東。

詩課改常詩嬌同學絕句，使近古意（二〇一九年）

白日東山起，晴光（原作「啁啾」）繞水柔。
垂髫行道去，孺子捕鵷（原作「鶻」）鳩。

雪糕（二〇一九年）

長女蕊翹就讀小二，校方促撰作童詩，取其意使就古人用語格律云。

手中新雪酪，乳滑白如霜。

快口尖鋒噬，齒酸腸亦涼。

遇偽善教徒，為賦絕句（二〇一九年）

其一

主日唯膜拜，小乘猶大乘。
錦衣披玉帛，豈是苦行僧？

其二

手上經書在，心中大道行。
江山遙指點，讒諂卻營營。

己亥紀事（二〇一九年）

其一

六月沉雲黑，難窺半日晴。
烽煙何所見？寇賊與民兵。

其二

老少聞傳訊，膚如櫛與鱗。
閉門長獨鎖，夜有白衣人。

其三

犄角無常勢，當推黑白棋。
黑能佯作白，變局最稱奇。

其四

含哺寧馨子，都成蹀躞翁。
怨仇私下了，顧盼自為雄。
註：黑衣年少私下了仇，謂之「私了」。

其五

既無仁者勇，徒有匹夫謀。
黑夜登舟客，沉淪任海流？

賣瓜（二〇一九年）

莫笑黃婆老，鋪張賣芋瓜。
逢人都說項，踵事又增華。

周師建渝先生蓄白貓十有三年，以予鄰居，為託赴其家照料兩日，且道盡爾來養貓雜事，詩以記之（二〇一九年）

其一

胸中無雜念，几上有貍奴。
助取神來筆，風姿雅且都。

其二

卑躬頻下禮，笑謂是貓奴。
始信殊尤物，連城十五都。

註：建渝師自言無異「貓奴」，其貓名東東，十有五歲。

除夕感懷（二〇一九年）

十載真如夢，悲歡得失時：
得之無喜樂，失亦不傷悲。

以新歲自港赴滬履職，除夕攜妻孥同遊上海迪士尼樂園（二〇一九年）

其一

尖樓冰似鐵，霰雪竟無加。
星火衝天噴，煙花勝雪花。

註：予至今未嘗親睹下雪，僅本科肄業歐遊凡一整月，登瑞士鐵力士雪山而已矣。抵上海迪士尼，寒甚，聞知僅攝氏二至四度，待雪不果。

其二

自從多識字，四海是吾家。
明日栽新種，蘭花雜紫花。

註：上海市花為蘭花，香港區花為紫荊花。

憶新婚與內子同遊馬爾代夫（二〇一九年）

浮潛

沙岸翻螺蟹，河床摸海星。
巨魚群且簇，共說氣須屏。

觀星

黑風吹海屋，靜夜聽清波。
天底微塵小，流星四面過。

《香港作家》來函索稿，且以「新春新氣象，鼠年暢筆」為題，予口占為寄（二〇二〇年）

鍵盤多任俠，倚馬抵千夫。
春蘸神來筆，何須捋鼠鬚？

中大東華社區書院馬錦燦紀念大樓立成頌（二〇〇六年）

以在職中文大學社區書院，奉命作此。

東華百載，濟世爭先。恩波汩汩，惠澤大專。
欣逢工竣，我校喬遷。頌歌溢美，猶到吟邊。
春風沐雨，廣漠甘泉。云云數語，難以言傳。
鼓鐘號角，絲竹管弦，咸當鳴奏，匪輟廣宣。
而今黌府，學棣三千。乾乾終日，皆盼稱賢。
鯤鵬九五，直上雲天。洵乎此志，如柱石堅。
惇惇桃李，侃侃教員。相逢人海，莫不是緣。
於茲佳慶，爰獻詩篇。嘉名懿行，垂億萬年。

斥鼠（二〇一〇年）

偶遭謗傷，悉其身份，不予揭露，賦此斥之。

我非千仞鳳，無意碧梧枝。
奈爾臭穴鼠，嚇嚇欲奚為？
朝匿暗壁暮壑溝，口噴糞溺避人眸。
踰牆鑽隙行復止，聞聲保命縮龜頭。
入黑出遊如鬼祟，長夜嘲哳苦纏累。
鼠面獸心何狡獪，蝙蝠恥之為同類。
君既非偃鼠，偃鼠飲河唯滿腹。
君亦非禮鼠，禮鼠拱手交前足。
今君賢智我獨愚，腐肉於我有還無。
君屏遠方莫卿我，人畜自古本二途。
凜凜正氣充天地，守道由來德不孤。
天遣雷車能殛死，反躬勿作喪心奴。

註：蘇軾〈陳季常見過三首〉：「人言君畏事，欲作龜頭縮」。

澳門科技大學新生入學，奉命賦此嘉勉諸生（二〇一四年）

迢迢負笈，育我者誰？
椿庭萱室，黌宇業師。
專勤嗜學，黽勉報之。
多聞博物，尚慎闕疑。
立身行道，執禮自持。
全人如此，學養兼資。
大車以載，指日飛馳。
始於足下，夙夜念茲。

濠江頌（二〇一五年）

為依杭同學澳門高等院教學生寫作比賽參賽三改其稿。原詩用韻、平仄、對仗、用語雖不協古意法度，然其志可嘉，遂勸其擬題「濠江頌」，並改易全詩十之五六，促其投稿。唯原詩撰自依杭同學，不敢掠人之美。因念疇昔執教香港浸會大學，指導余華茵同學作詩參賽，僅略論平仄、押韻之法而已，華茵同學獲粵港澳臺詩詞大賽優異獎，其聰慧如此，想來亦一樂也。古謂樂得英才而教之，誠哉斯言。茲錄所改依杭全詩云。

始皇扶輦下南越，華夏洪波千載長。
東望香島臨西海，北倚珠海眺珠江。
古稱濠鏡天地闊，人共神兮滿廡堂。
今呼澳門山水秀，日與月也照乾坤。
尚想疇昔為荒村，室如懸磬無雞豚。
先民所見唯荊棘，篳路藍縷啟林山。
千載風雨洗城窟，百年青史礪風骨。
一五五三葡艦至，一八八七洋人轄。
國運乖謬夕陽斜，身居葡營心繫華。
更名馬交非吾願，七子之歌訴哀腸。
一泓海月同鶴望，兩岸鄉心皆鷹揚。
楚歌四面血櫓翻，歲寒松柏抗夷蠻。
民主自由可作炬，遞傳薪火把家還。
千禧跕足引首觀，回歸中土舉國歡，一國兩制澳人安。
君不見前人栽樹開清源，後人乘蔭拓籬樊。

既述往事知求索，復思來者開紀元。
半島插天高樓起，路氹淹地香車屯。
黑沙遙遙舟輕蕩，水木清華泛濠江。
冬雨夏蟬聲吹月，春華秋實綠護牆。
逍遙玩擲阿堵物，東方賭城博彩廊。
車如流水馬如龍，醉餐慶雲飲春風。
粼粼孔泉植桃李，堂堂黌府照天宮。
通識教育古今通，精英培養報國忠，百里弦歌滿江紅。
豈不聞一地美名譽四海，萬民得福澤五湖。
雲騰蛟龍梧棲鳳，青松常屹蓮島香，坐觀茲地朝夕強。

附：

余華茵〈餞別〉

與君一揖隔天涯，從此風霜各自持。
樓上離歌知恨晚，樽前淚眼笑情癡。
花開花落終無數，雲卷雲舒自有時。
只是當年無限事，他朝回首莫遲疑。

風瘧行（二〇一五年）

溽暑冰室傷寒久，夏汗都無秋瘧有。
屈伸搔癢夜難熬，慌亂乞索麻姑手。
指腕膝踝胸背肩，濕毒鑽縫跳珠走。
洋醫乏術終無方，忙抓茶葉敷瘡垢。
無邊蟻咬稍撫平，自悲賤身如芻狗。
扁鵲勸進二陳湯，蝦蟹鵝牛忌沾口。
艾草逐冷亦溫經，風邪散發試去取。
隱浪暗波易瀾翻，朝夕病藥為諍友。
吃粥養津紓悶煩，內腑根本漸積厚。
偏聽天灸可培元，歲在夏冬伏與九。
已矣昏憒彼學徒，錯點穴位把疥誘。
遂令逢人急披衣，載掩頸膊載遮肘。
但聞血氣一併通，三菱莪莛稱匹偶。
服食須臾幽閉開，舉步威儀始赳赳。

豈不見年來萬事頃欲跋前復躓後，渾似疲牛負軛箍項首，蹉跎日月能耕田十畝？

擬觀滄海寄程郁綴先生（二〇一七年）

余弱冠，客遊西歐，自義大利乘船赴希臘，適遇美、加遊子同行，友之，經地中海，日夜枕藉船間，所望唯一碧汪洋而已矣。倏忽今已十有五載，丁酉春，北京大學程郁綴先生來澳講學，勉座中擬魏武〈觀滄海〉。余次原韻，為古今來者詠志云。

西掣鯨舸，橫割碧海。
白波怒吼，觸擊爭峙。
往來遊子，待時而茂。
千帆競渡，凌風奮起。
極目蜃樓，彷彿其中。
未及津要，汩沒其里。
旦復旦兮，誰人永志？

檃括主禱文，使就格律（二〇一七年）

厥初爾造物，夙夜有聖名。

仰觀樂邦近，垂訓遍眾生。
大地蒙顧恤，如同在太清。
蔬水無匱乏，寶篋輒相傾。
饒赦我罪愆，宿債蓋撫平。
願拯長陷溺，免罹惡念纓。
爰及萬萬歲，洵享國權榮。

伐罪詩（二〇一七年）

兩小乖巧，稍不稱心，偶有苛責。須臾，愧疚不已，賦此以誌吾過。

愛女髮覆額，見我稚顏開。
嬌兒要提攜，猶嬰之未孩。
早歲得好字，承恩無嫌猜。
他日雖耋耄，膝下有老萊。
親友勸矜惜，羨目數百回。
如何嫌頑劣，勃怒似轟雷。

怒語脫口出，狠手掠影來。
我斥一何怒，兒啼一何哀。
哀哀彼兩小，啼聲肺肝摧。
夙昔我年幼，視父亦恢恢。
耳摑與籐篠，旦夕共徘徊。
聞父幼苦困，屏棄自孃胎。
祖嫌父無用，抽鞭縛高臺。
我祖命更苦，販鬻到九陔。
天降紅羊禍，身匿黃土隈。
饑腸恆轣轆，挖根吃泥灰。
命如瘡疥癬，命如糞餿堆。
命如無線鳶，命如斷耳杯。
稟性世世襲，此理豈誣哉。
抽刀斷蛇首，嗔怒是毒虺。
惜我兩兒女，惻心願作媒。

學書（二〇一七年）

暇日進修香港中文大學書法高等文憑課，隨容浩然、禤紹燦、鄧昌成諸先生學書。容師，張海先生高弟也。禤鄧二師，馮康侯先生門人。予蒙承學，亦有榮焉。茲櫽括四年所習云。

學書如學仙，凡骨盡棄蠲。
苟無人點撥，窘步死不前。
師承輔私淑，紅線金針穿。
擇帖得法度，庶幾邁昔賢。
篆隸楷行草，種種鉤其玄。
結體並取勢，虛心仔細研。
臨池慎用紙，連史或徽宣。
操觚指雙鉤，臂肘半空懸。
兼毛忌駁雜，動彈須似弦。
屏息養浩氣，立意於筆先。
規矩神與貌，總勝把廓填。
或伸蟹腳爪，或擬蠶頭蜷。

或作桴鼓應，或將幼絲牽。
時而曲蹊徑，時而疊青錢。
時而止水靜，時而湧狂泉。
落墨有潤燥，去來當自然。
字字輒蘸墨，窮相亦可憐。
頓挫復提按，中鋒透素箋。
着黑兼着白，貴方偶貴圓。
倘若參要眇，玩味禪外禪。
江山青如許，旭日照前川。
道丈為扶掖，躊躇坐彼肩。

擬行行重行行（二〇一八年）

秋冬之際，授「詩選」於樹仁大學，促諸生課詩，各撰擬古一首。示諸生。

行行又四載，月殘星漸稀。
列星猶可逢，圓月最難期。

濠上遠行客，日夕想容輝。
夢魂寄孤鴻，千里凌風飛。
念我兩黃口，今已望肩齊。
佳人不成眠，桃李失芳菲。
歸思使人倦，勞生令人嗤。
苟得青雲梯，何用遠遊為？

擬西北有高樓示諸生（二〇一九年）

明月照高樓，佳人麗且姝。
月出月還落，清景復斯須。
會面不可期，坎井亦已枯。
願撚同心結，攜彼天一隅。
上有薄天雲，下有轍泥塗。
人生各異勢，中路立踟躕。
丈夫貴乘時，豈惜共歡娛？

策馬據津要，無負八尺軀。

鄉居行（二〇二〇年）

香江趨滬上，滬上望香江。
新居與故土，吾鄉恰成雙。
我昔居港三十年，名城佳話共流傳：
江上夙昔有底物？數點荒村與漁船。
如何蠻夷彈丸地，一朝碧眼兢垂涎。
高築屏樓成樞紐，東西中外得相連。
商人士子逐名利，販夫工匠厭休眠。
遂令巍峨獅山下，霓虹貫月不夜天。
曾經韓臺並叻埠，號稱四龍甚飄然。
上海灘頭繁華地，也嗟未可比香城。
誰知世事如棋局，民智蒙蔽隨流俗。
紈絝年少好暴亂，露宿孤寡聊躑躅。

紛紛犯禁復私鬥，道路以目把口束。
誤信國外皆月圓，挈妻攜幼為奔屬。
君不見散葉從來有本根，涸泉從來有清源。
西洋視我乃雜種，何必取悅彼蠻番？
我等黃膚披黑髮，與生俱來乃真顏。
五千年來血脈在，底氣厚重若泰山。
自南赴北源頭溯，尋到江淮滬上路。
四處琉璃金碧光，權貴作客遊人駐。
彷彿神靈伸巨手，雙城命運為交互。
杲杲滬上出旦日，隱隱香江入雲霧。
香城無香色無色，黑佯作白白作黑，望之傴仄復傴仄。

醒獅行（二〇二〇年）

予年十五六入南鷹爪白鶴派，隨李師大衛習舞獅、舞麒麟凡三年，李師乃師祖歐紹永先生門人。英國查理斯王子、戴安娜王妃昔日訪港，師祖乃舞獅迎之者，嘗示我以照片。後余以發奮讀書，獅藝遂而荒廢，然見獵心喜，加之以新春節近，舞獅助興，四處可見，為賦醒獅行，並以獅樂入詩。

歷落復礫格，鴻蒙恍澒洞。
鼓鈸忽一勅，似動卻未動。
目光何矍鑠，閑將髭鬚弄。
倏忽翻身躍，掌噪雜呼鬨。
君不見雙槌鏗，獅頭撐，後足踢，前足行，回腰脊，登肩怒目恰與千根高樁平。
覷其左睃右眈，後踱前探，聳耳提尾撚雪頷。
復而翹首騰空，引睇張躬，舞爪蓄勢如勁弓。
採得青菜葵，衝天凌風飛，凜然颯爽姿。
嚼青吞青復拋青，遙見爾許神獸絕頂矗立崢嶸。

聯句

中秋聯句（二〇一八年）

授詩選於樹仁大學，言及柏梁體。適中秋期近，遂促諸生課詩聯句。既成，予略為編次。

月擁香城滿碧秋。黃偉豪
夜滿星天映東樓。鍾梓浚
銀盤獨懸微光流。黃凱晴
吾覓佳偶月圓求。梁慧芬
玉壺光照鴛鴦舟。陳嘉浩
君攜靜女鏡中遊。翁偉詩
繁簇花燈燭點幽。李宛聰
月下風流何時休。徐詠琳
憐月深鎖塵俗愁。李文瀚
君贈圓月思不休。何韋瑩
伊人泣訴悲春秋。余燊靖
憶對清蟾遇鄉愁。洪詩韻
月上孤樓燭弄幽。曾曉東
但無圓月虛度秋。伍嘉藍
燭照窗帷對月羞。邱旖琦
燭繞玉宇驅萬幽。陳灝婷
銀漢玉盤渡遊舟。羅學芝
月夜蟲聲卻堪愁。張蕙顥
清輝孤影淚盈眸。邱泳姍
明鏡斷梢蔓離愁。譚影文
燈照伊人映心舟。林嘉瑜
贈君小餅解愁憂。李美儀
終明圓缺不可求。梁思君
月圓人缺銀髮憂。曾芷晴
忽聞笑語清歌投。翁雪敏
兒挽秋燈樂不休。劉心
雲抱星塵耀四周。麥朗笙
兔灑銀光頓拂愁。楊海俊
眾嘗月團迎金球。蘇靜文
圓夜繁燈仰樂悠。羅敬如
燈照恆娥天上囚。盧嘉傑
紅塵豈如蟾宮幽。關允棟
嫦娥翩蹮佑神州。吳俊宏
笑看月桂落岩幽。鄺俊軒
碧月連天傾霜流。王文海
萬家通明夜悠悠。陳曉斌

己亥新春聯句（二〇一九年）

授詩選課於樹仁大學，以新春臨近，促諸生聯句。

爆竹桃花別樣紅。黃偉豪 綠水新霽鬧春風。韓錦灝 圍爐翦綵待歲終。歸禕蕾 萬家楹聯慶春風。陳采霖 火樹銀花映蒼穹。常詩嬌 天倫樂聚此間中。胡曉紅 赤鼓金鑼鬧天宮。張子賢 火燈春暉照胡同。林穎彤 緋衣彤裳賀熙隆。趙善章 紅妝金縷染檀宮。林永旗 焰燈墨聯點春風。歐陽芊芊 小斟瑤漿聚酣翁。祝珂昕 鑼鼓煙花響歡空。李娜 財運亨通家家逢。余泳聰 桃符不與去年同。陳科宇 舊年休戚已成空。鄺煦帆 一同慶賀已成夢。黃均諾 歡談稻麥歲歲豐。何鏈欣 金桔笑與新綠逢。裴一曉 紅包滿瀉樂融融。鄧采旻 春醉桃香酉細風。劉冠希 天蓬執禮犬聲終。李晨曦 桃聯燈衣染天紅。周兆軒 千門謹譁慶年豐。吳佳盈 春月舉杯迎天公。黃曉彤 煙花圍抱喜相融。袁雅儀 年飲新符辭歲終。魏泳玥 迎禧接福與孩童。阮黎瑾 正月花火點長空。黎泰希 龍獅鞭炮映入瞳。黃琬婷 歲飲屠蘇醉春風。竺渝 迎春新裳樂孩童。盧思喬 擷芳送舊躍青空。孟璇 聚首一堂樂融融。施瑋淇

雜詩

上學歌效黃公度作（二〇一七年）

上學去，揹書包。課業疊浪把人拋。腰背曲，眼眶凹，桌邊伏，燈下抄，連夜走筆饜人意，朝日火紅又着梢。上學去，揹書包。

註：黃公度有〈幼稚園上學歌〉，詩云：「上學去，莫停留。明日聯袂同嬉游；姊騎羊，弟跨牛；此拍板，彼藏鈎。鄰兒昨懶受師罰，不許同隊羞羞羞！上學去，莫停留」。

與稚女蕊翹共作小一入學班中口號（二〇一七年）

同門友，人人有，互愛猶如左右手，清規戒律齊遵守，師長稱讚不絕口。

長女蕊翹小學促親子創作口號，以「堅毅」為題，賦得十六字，不求叶韻（二〇一八年）

一顆冰心，猶能破浪。千般毅力，可以移山。

護脊操（二〇一九年）

幼子在學幼稚園，校方促親子創作，以「護脊操」命題，且須流暢、通俗、協韻，內子囑予創作，百般推辭而不得，乃口占為戲，作此呈交。

揹書包，會疲勞，不須花費買藥膏。勤做輕鬆護脊操，個個健康快長高。

詞

調笑令（二〇〇一年）

京酒，京酒，三盞兩杯長有。入腸何以消憂，贏得耳紅臉羞。羞臉，羞臉，晚晝胡為荏苒？

一叢花 哀友人碧瑩墮樓（二〇一〇年）

白花忍搦向朱顏，無語淚偷潸。曚曨照像空三拜，更那堪，笳鼓凋殘。跓步漫拖，回頭卻看，真箇已黃泉。

颼風蕭瑟骨生寒，高閣倚闌干。素妝沾濕聲幽亂。恁般去，去易留難。徹土落紅，此行邈遠，路寂夜魂單。

夢江南 憶舊事為賦一闋（二〇一五年）

狂雨過，殘曙抹西天。偷得喧囂壺裏靜，卻疑長夢復如煙。紅葉起漪漣。

鷓鴣天（二〇一五年）

荒外經年欲醉眠，乍晴卜日度關山。又來歲晚蒙蒙雨，別館孤棲寒更寒。　河漢遠，曉星闌，料無舟楫濟常難。覆翻短夢成長夢，頭白還疑好夢圓。

虞美人離家返澳**（二〇一五年）**

多情可惱催人老，都道無情好！月寒塢遠櫓聲柔，夜半無邊滄海有孤舟。　天涯行客漂流似，隨事波瀾起。三叉歸路在何方？我報此心安處是吾鄉。

十六字令演日人松尾芭蕉俳句**（二〇一七年）**

荷，秋掠荒池點點渦。蛙飛落，群噪遏微波。

註：松尾芭蕉有句「古池や／蛙飛びこむ／水の音」

定風波（二〇一七年）

客旅海南三亞，適颱風來襲甚惡，岸邊觀浪。

潮捲雲天渚岸風，雨沙刺面刮眸瞳。望盡濕灘無鷗鷺，怯步，獨遊人在海隅中。

放任驚波充耳洗，休止，塵心自可滌清空。身外浮聲喧似靜，且看，亂濤疊湧百千重。

竹枝詞 記香港蜑家嫁娶 （二〇一九年）

村姑披彩竹枝好乘槎女兒，欸乃聲催竹枝岸上花女兒。
儂是今宵竹枝新快壻女兒，載渠千里竹枝到吾家女兒。

長相思（二〇一九年）

山半秋，鬢半秋，紅葉青絲隨水流，流波休未休？
東沙鷗，西沙鷗，振翮東西雲外投，斜陽半入樓。

菩薩蠻（二〇一九年）

李樹芳先生邀予同登香港仔田灣文匯報大樓頂層，俯瞰香港南面一派海景，以長短句記之。

樓高望盡南灣碧，水天合處紅輪匿。長看彼蒼鷹，回翔去復停。　十年真一夕，
光景如拋擲。虛夢不須添，枕中自黑甜。

蝶戀花（二〇一九年）

乾鵲遙聞千百囀。日破層雲，花影深深現。已報佳期人妒羨，萬紅砌滿誰家院？

嶺外歸思飛似箭。待得春來，擬訴征鞋倦。別後歡欣重識面，那堪又踏天涯遍。

清平樂 賀礪鋒師七秩大壽，兼呈友紅師母（二〇一九年）

予蒙礪鋒師不棄，收入門下，爾來飄泊異地，屢以不才荷蒙垂念，聞礪鋒師、友紅師母皆四月生辰，冒昧依譜填詞，自港寄往金陵。

春苗到處，十載門庭護。些子物承雙玉樹，拂滿一身甘露。

淮水溪暖迢遙，南山眉翠嵩高。千里衷腸佳味，猶勝宴上蟠桃？

蝶戀花 詞課改黎健圖同學詞作，使知煉字（二〇一九年）

春（原作「晝」）睡醒來春又老，語燕雙飛，飛向池邊草。午後楊花香滿路（原作「吹滿道」），斜陽一抹簾間照。

野鳥漸還春晝杳，暮色遲遲，佇望層雲渺。酒入愁腸伊未到，漫贏爛醉（原作「身閑誰共」）時光好。

蝶戀花 詞課改鄭婉玲同學詞作，使更富意境（二〇一九年）

此夜清明山雨瞑，燕（原作「數」）燕飛來，劃（原作「驚」）破閑庭靜。一樹（原作「乍起」）東風花弄影，蕭蕭夜雨何時竟。

羅帳畫屏秋漸（原作「皆翠」）冷，牆裏佳人，錦瑟誰人應？擬（原作「欲」）睡卻遭低月醒，深（原作「今」）宵愁照（原作「對」）青銅鏡。

漁歌子 擬古（二〇一九年）

無欲無求氣自豪，何妨揮舞快剪刀。斷枳棘，斬藤梢，一笑冷看勢利交。

聲聲慢 論李清照詞（二〇一九年）

諸家樂府，品藻雌黃，人道巾幗英雄。綠肥紅瘦佳句，更見雕工。猶聞易安體語，縱稼軒，步履相從。最可惜，算飄零花果，獨老江東。

羈旅古今皆有。兒女事，情淺便壓群公？向使本無夫壻，豈異凡庸？門第平添紙價。問身名，半是家翁。既如許，料風鵬高志，未是詞宗。

千秋歲引 論王安石詞（二〇一九年）

白下既居，江湖慣閱，自是鍾山楚天闊。荊公調寄千秋歲，豪情氣壓長安俠。披管弦，失聲律，都愛煞。　妙句不從通俗說，妙句不從他人奪。模寫胸臆最殊絕。鬢邊風霜吟邊語，朝中宰相詞中傑。郢曲高，遺音少，須常列。

文化生活叢書·詩文叢集 1301047

活水彙草

作　　者　黃偉豪
責任編輯　楊家瑜
特約校稿　林秋芬

發 行 人　林慶彰
總 經 理　梁錦興
總 編 輯　張晏瑞
編 輯 所　萬卷樓圖書(股)公司
排　　版　菩薩蠻數位文化公司
印　　刷　博創印藝文化事業公司
封面設計　菩薩蠻數位文化公司

發　　行　萬卷樓圖書(股)公司
臺北市羅斯福路二段 41 號 6 樓之 3
電話 (02)23216565
傳真 (02)23218698
電郵 SERVICE@WANJUAN.COM.TW
香港經銷
香港聯合書刊物流有限公司
電話 (852)21502100
傳真 (852)23560735

ISBN 978-986-478-350-2
2020 年 6 月初版一刷
定價：新臺幣 260 元

如何購買本書：
1. 劃撥購書，請透過以下帳號
帳號：15624015
戶名：萬卷樓圖書股份有限公司
2. 轉帳購書，請透過以下帳戶
合作金庫銀行　古亭分行
戶名：萬卷樓圖書股份有限公司
帳號：0877717092596
3. 網路購書，請透過萬卷樓網站
網址 WWW.WANJUAN.COM.TW
大量購書，請直接聯繫，將有專人為您服務。(02)23216565 分機 610

如有缺頁、破損或裝訂錯誤，請寄回更換

國家圖書館出版品預行編目資料

活水彙草 / 黃偉豪作. -- 初版. -- 臺北市 : 萬卷樓, 2020.06
面 ;　公分. -- (文化生活叢書 ; 1301047)
ISBN 978-986-478-350-2(平裝)

831.86　　109002422